ÉPITRE

A LA TOUSSAINT.

CET OUVRAGE SE TROUVE AUSSI AU DÉPÔT
DE MA LIBRAIRIE,
Palais-Royal, galeries de bois, nos 265 et 266.

ÉPITRE

A LA TOUSSAINT,

PAR UN PAUVRE DIABLE

Né ce jour, en l'an 178......

> *Seu Libra, seu me Scorpius aspicit*
> *Formidolosus, pars violentior*
> *Natalis horæ, seu tyrannus*
> *Hesperiæ Capricornus undæ....*
>
> HORAT., od. 14, liv. 2, v. 17.

Que je sois né sous le signe de la Balance, ou sous le Scorpion, de toutes les constellations la plus maligne, ou bien enfin sous le Capricorne qui agite et bouleverse les mers d'occident.....

PARIS,

J. G. DENTU, IMPRIMEUR-LIBRAIRE,
rue du Pont de Lodi, n° 3, près le Pont-Neuf.
1815.

PRÉFACE.

AUX LECTEURS.

Je croirais manquer à ce que je vous dois, mes chers lecteurs, si, par une explication sincère de ses motifs, je ne rendais moins indigne de votre attention, le sort dont vous me voyez gémir. Jaloux de vous inspirer quelque intérêt, je dois craindre de l'effaroucher : ce sentiment veut naître de l'estime, et celle-ci fut l'atmosphère que je respire. Le noir séjour d'où je vous écris, serait capable de flétrir, en naissant, la bluette que je vous offre. Si donc son faible parfum vous est agréable, oubliez le sol infect qui cache ses racines : ne voyez que sa tige, et croyez que la sêve en est aussi pure que les rayons qui la vivifient. D'ailleurs, il est tel fruit qui embeaume votre palais, délecte votre goût, et qui, végétant au sein des immondices, rampe ignominieusement sur le fumier où il repose, enfermé sous une impitoyable cloche avare d'air et de soleil.

Ne croyez donc pas, mes chers lecteurs, qu'aucune raison dont l'honneur ait à rougir soit la cause du malheur que je déplore. En butte, dans le principe, aux inimitiés personnelles du duc de***** et du comte de R*****, je fus poursuivi, arrêté par ordre du premier, et à la recommandation du second. Je dois même, en passant, rendre cet hommage à la loyale conduite du comte de Th...... et du jeune faquin de G....., que dans cette occasion ils ont déployé le talent de braves M..... Au moins sont-ils bons à quelque chose ! et j'espère prouver un jour qu'ils ne sont pas moins capables d'offrir quelques bonnes rimes. Je n'ai pas été plutôt conduit à la F...., (*) (faut-il l'*appeler par son nom ?*) que d'honorables créanciers, qu'on savait être à ma poursuite, vinrent aussitôt relever leurs excellences du remords d'avoir commis un acte arbitraire de plus. C'est alors, et depuis ce temps, que je suis devenu la proie de mes vautours. Hélas! je n'ai pourtant pas ravi le feu du ciel. Si cela était au

(*) Sans doute aucune maison d'arrêt ne doit et ne peut présenter une idée riante ; mais c'est une erreur malheureusement accréditée dans le public pour ceux qu'y amène le malheur et non le crime, que celle-ci doive inspirer plus d'horreur ou d'effroi qu'une autre ; elle est, au contraire, par son local et la nature des détenus qu'elle renferme, la moins formidable de toutes. Ce préjugé vient de l'analogie de son nom avec l'emploi auquel on la suppose destinée, et cette idée en éloigne ceux même qui y ont des intérêts. Cette funeste dénomination dérive tout simplement de son origine : autrefois l'hôtel du duc de la Force, elle en a conservé le nom. On y voit même encore la chambre où se tenaient les conseils du temps de la Saint-Barthélemy, et dans laquelle eut lieu, *du jeune Caumont, l'étonnante aventure.* Je ne parle pas de l'obligeance et des soins du concierge qui en a l'administration ; quelques douceurs qu'il s'efforce d'apporter à la situation de ses hôtes, je n'enseignerai pourtant cet hôtel à personne.

moins, je leur pardonnerais leur aveugle cupidité! car il est inutile de vous dire, qu'après une si longue captivité, je suis encore bien moins en état, qu'il y a vingt-huit mois, de les satisfaire. Ils n'ont plus rien à espérer du pauvre diable; et ils ne le séquestrent si obstinément du monde, que pour s'entretenir dans l'habitude de nuire à quelqu'un : dans le fait, à présent le commerce va si mal! qu'il ne fournit pas même un prétexte à faire banqueroute. Ils s'en prennent donc à moi, et font comme l'avare, qui enfouit son or au lieu d'en tirer profit. Non que je me compare à ce métal, objet des goûts et des affections du monde entier : je n'ai que trop éprouvé jusqu'ici que ce n'était pas là mon lot. Ces chers usuriers! puissé-je un jour au moins les immortaliser dans des vers dignes d'eux, et faire connaître à la postérité comment, avec une subtile et minutieuse régularité de titres, on parvient à éluder les recours juridiques et à ruiner un pauvre jeune homme, que l'on accuse même alors d'avoir trompé!

Aux agrémens de cette suave position, mes chers lecteurs, ajoutez la brusque surprise d'un ordre tombant des nues... : Je me trompe, sortant de la P..., et qui m'enterre entre quatre murailles, sans qu'il plaise au Cadi de me mettre dans la confidence du *secret* (*) qu'il m'impose, vous aurez

(*) Lieu isolé et soigneusement gardé, dans lequel, pendant tout le temps qu'on y reste, il n'est permis de voir ame

une juste idée de la disposition d'ame dans laquelle j'ai dû me trouver le lendemain de mon entrée à ce secret, qui était rien moins que celui de l'Opéra-Comique. C'est alors qu'en voyant par ma lucarne les apprêts d'un si beau jour, qui se trouvait être précisément l'anniversaire de ma naissance, je lui adressai cette apostrophe *ab irato* que vous allez lire.

Mais : *in vitium dulcit culpa fuga!* Quoi! j'ai déjà des excuses à vous demander pour une impertinence ? celle de vous ennuyer du récit de mon martyre, et j'y ajoute celle, plus grande encore, d'une Préface importune, et pire que l'of-

---

qui vive; enfin l'honnête synonyme de cachot. Ma pénitence expirée,

Ut tendem sensus convaluere mei. OVID.

On me demanda pardon de *ces coups de bâton* que, comme Argante, enveloppé dans son sac, j'avais reçus des Scapins de la P...., et l'on m'expliqua alors les motifs de cette bénigne mesure : c'était afin que j'aidasse à interpréter une lettre écrite en termes mystiques, et qui avait été interceptée entre deux personnes du dehors que je ne connais pas, et avec lesquelles je n'eus jamais aucuns rapports. Certes! Sganarelle ne fut pas plus surpris de s'entendre qualifier de médecin, et de se sentir forcé à s'en reconnaître le talent, que je ne l'ai été en me voyant interpelé de la sorte. L'erreur fut reconnue; tout le monde parut en rire : il me fallut bien en rire aussi; et je m'en retournai alors libre dans ma prison, comme Bazile s'en va coucher, sans savoir *qui l'on mystifiait* dans cette affaire! Puissiez-vous, lecteurs, ne pas plus vous en plaindre que je ne fais!

fense dont elle sollicite la grâce! Assez d'auteurs ont le travers de vouloir qu'on s'occupe toujours d'eux :

> Encore est-ce miracle en leurs vagues furies,
> Si bientôt imprimant leurs sottes rêveries.......

Voilà comment un premier tort en amène toujours d'autres à sa suite. De faibles vers n'eussent réclamé que votre indulgence; mais les miens ont un goût de terroir qui rebute et demande explication : sans cela vous vous seriez mépris sur quelques élans d'honneur et de sensibilité que vous rencontrerez çà et là; ils ne vous auraient plus paru que des fictions, tandis qu'ils tirent leur peu de mérite de sentimens aussi purs que sincères. Enfin je vous devais le mot de cette énigme: Un juge austère décide avec assurance sur les lois de la délicatesse et de la vraie gloire, et c'est du banc des accusés qu'il dicte ses arrêts! Il vous eût alors semblé voir

> Un effronté qui prêche la pudeur;

et je vous avoue franchement qu'eût-il fallu sacrifier même la gloire d'avoir fait de bons vers, je l'aurais préféré à l'acquérir au prix d'une prévention défavorable.

Non que je prétende en tout ceci, mes chers lecteurs, me présenter comme une pure victime. J'ai des torts, sans doute, mais ils sont du nombre de ceux qu'on plaint plus qu'on ne les blâme : ils sont l'effet de l'inexpérience et des passions inhérentes au jeune âge. Il en est une sur-tout !... et c'est la seule qui m'ait porté un coup mortel. Malheureusement elle ne frappe pas que moi. Tous les jours elle fait de nouvelles victimes : vous n'êtes entourés que de ses ravages ! Donnez-moi la mission d'attaquer, d'anéantir ce fléau social, et bientôt, j'espère que, nouveau Jenner, j'aurai aussi trouvé une vaccine à ce virus désastreux. Si j'y parvenais, je m'estimerais heureux des tourmens que j'ai soufferts.

Jeunes gens que son amorce égare ! jetez les yeux sur moi. Comme vous, je fus heureux ! Peut-être même, s'il m'en souvient, aurais-je pu, sous quelques rapports, vous offrir un modèle... Maintenant, profitez de mon exemple pour éviter un écueil. Je m'offre en holocauste à votre instruction : voyageur égaré, qu'un gouffre à subitement englouti ; oublieux de mes maux, pour vous avertir de ceux qui vous menacent ; du fond de l'abyme où ma précipité l'imprévoyance, en expirant je vous crie : Téméraires jeunes gens, n'approchez-pas !

Et vous, sexe enchanteur ! à qui je dus une mère adorée ! par quelques larmes consolez-moi, s'il se peut, de sa perte, de tous mes malheurs le plus grand et le premier!

ÉPITRE A LA TOUSSAINT.

Jour sinistre et fatal, qui m'a vu naître au monde,
Qu'à son char, le soleil traîne, en faisant sa ronde,
Ne viendras-tu jamais visiter nos climats,
Que chargé de brouillards et suivi de frimas?
As-tu juré sur-tout, de n'ouvrir ta carrière,
Qu'en mettant un degré de plus à ma misère?
Et ne t'es-tu donc fait le premier de mes jours,
Qu'afin d'en mieux pouvoir empoisonner le cours?
Toujours quelque malheur m'annonce ta présence.
Vois l'état où me met ta maligne influence :
Entre ces quatre murs, tout vivant enterré,
Sur un grabat pourri, d'étoupe rembourré,
Où de froid et d'ennui, je grelotte et je baille,
J'entends gémir le chêne et fais crier la paille!
A travers les barreaux d'une trappe de fer,
Je lorgne un coin de ciel et hume un filet d'air,
Plus piteux que ne sont, à la ménagerie,
Et le lion d'Afrique et l'ours de Sybérie!
Moins formidables qu'eux, mais plus indépendans,
Céans, rats et souris y vont à belles dents.

L'un ronge ma capote, et l'autre mes pantoufles.
Ils viennent sous mon nez, grignotter les maroufles!
Un gaz épais, qui fume et monte au soupirail,
Descend sur mon pain noir, corrompre jusqu'à l'ail!
Et de mon gîte obscur, te défendant l'entrée,
Me transmet la lueur froide et décolorée!
   Grand jour de la Toussaint, tu ris de ce tableau,
Et c'est pour me narguer que tu te fais si beau!
L'an passé quand, fidèle à ta noble coutume,
Tu vins, comme à présent, m'abreuver d'amertume;
Parce que je pouvais disposer de mon corps,
Il plut tant! qu'on eût craint de mettre un chien dehors!
Aujourd'hui qu'un Argus me tient sous la serrure,
Des couleurs du printemps tu revêts la nature!
   Pieux jour! voilà bien de tes soins délicats,
Et ce serait pécher que de ne t'aimer pas.
Aussi tous les sonneurs, pour annoncer ta fête,
Déjà s'exercent-ils à me rompre la tête;
Et tel curé, qui cherche un texte à son sermon,
Me voudrait, pour le prône, enterrer tout de bon;
Pensant faire œuvre pie, en un jour si célèbre,
S'il te servait, tout chaud, mon oraison funèbre.
   Jour hypocrite et vain, qui fondes ton éclat
Non sur ta sainteté, mais sur le concordat;
Qui vit de pain béni et chante les apôtres,
Le crêpe de la nuit t'attend comme les autres.

Et ce soir tu seras, malgré tous tes efforts,
Moins la fête des Saints, que la veille des Morts.
Crois-moi, change de rôle, et désormais préfère
L'hommage du savant à l'encens du vulgaire;
Abandonne bedeaux, marguilliers, sacristains;
Laisse au calendrier ta légion de Saints;
Date humblement la gloire ou le bonheur d'un sage:
Ton souvenir alors passera d'âge en âge!
Et dussent les dévôts t'en savoir mauvais gré,
Tantæ ne animis celestibus iræ!
Dans ce louable but consacre-moi l'année;
Revois, corrige, augmente et clos ma destinée.
Je ne suis pas un sage : hélas! je ne suis rien.
Mais j'ai ta gloire à cœur encor plus que mon bien.
Tous les Saints, mes patrons, s'ils étaient équitables,
Me devraient-ils laisser en proie à tous les diables?
Car, jusqu'ici, jouet de mes destins maudits,
J'ai tâté de l'enfer plus que du paradis.
Le sort, qui de mes ans paye, à regret, la rente,
D'appoint, pour cinq beaux jours, m'en prend trois cent soixante.
Quand, par fois, le plaisir rode autour de mon cœur,
Il se change en poison; ce n'est plus que douleur!
On dit que des mortels un Dieu juste est l'arbitre.
Quel talisman a donc cet impudent bélître,
Qu'on voit, toujours en pied, par-tout se pavaner
Sans qu'un revers encor l'ait pu désarçonner?

Il est bête et fripon : chez lui tout est sottise ;
Et, rebut de la terre, il la règle à sa guise.
La peste règne... ; il met tout le monde au cercueil.
La disette nous mine.... ; il engraisse à-vue-d'œil (*).
Le commerce est stagnant ; la détresse est commune :
Il pleut pour lui de l'or ; deux mois font sa fortune.
Un vertige nous prend ; nous devenons tous fous.
Il est le plus hideux, le plus méchant de tous :
Chacun guérit son mal, ou cache au moins sa honte... ;
Lui, s'en fait un mérite, et rien ne le démonte :
Il se plaint même !... Alors, rang, honneurs, dignités,
Sont le scandaleux prix de ses iniquités.
Et moi, que la raison, en tout éclaire et guide ;
Qu'au bien toujours entraîne un cœur droit, mais timide ;
Moi, qu'en ses écarts même excuse un beau motif,
Tout projet m'est funeste, et tout succès rétif.
La fortune, infidèle, en partant m'offre un leurre (**),
Le vice était dessous ; je le chasse : il demeure.
Bientôt, dans ses filets, ma vertu s'assoupit,
Et, quoiqu'intacte encor, sur son limon croupit.
J'appelle... : tout est sourd ! Je me débats..., j'enfonce !
Le monde, mon idole, aussitôt me renonce.
L'amitié fuit mes pleurs ; l'amour vole au plaisir ;
Le temps seul, qui me pèse, a cessé de courir !

(*) Adv. vid. Catineau et autres gramm.
(**) Le jeu.

Je ne fais plus un pas qui ne soit une chute :
Ou mon respect offense, ou mon accueil rebute.
La rivière est à sec lorsque j'ai besoin d'eau,
Et je me noie, ensuite, en passant un ruisseau.
Qu'ai-je fait au destin pour qu'en moi tout l'irrite?
L'insultai-je par trop ou trop peu de mérite?
Car, au bizarre choix qu'il fait de ses élus,
Comment savoir l'excès qu'il estime le plus?
Si tous ses favoris le sont à juste titre,
Je n'aurai, j'en ai peur, jamais voix en chapitre.
Le siècle est pointilleux! j'ai des torts envers lui.
D'abord, j'arrive tard... : c'en est un aujourd'hui.
Puis, je viens sans argent... ; c'est le dieu qu'on adore!
Il faut être égoïste..., et c'est ce que j'abhorre !...
L'illusion ajoute à tous mes sentimens....
Le cœur! est une fable : on n'a plus que des sens.
Les liens! sont un joug. Les freins! sont des entraves.
La liberté plaît tant!.... qu'elle nous fit esclaves!....
Moi, je veux obéir : j'ai la soif du devoir,
Et ne suis malheureux que pour n'en point avoir.
En politique aussi ne suis-je qu'un élève :
Sur l'art de gouverner, je fais mon premier rêve!
A l'intérêt public je veux plier mes goûts,
Tandis que c'est le leur qui les domine tous.
Girouette ou ballon, prenant le vent pour règle,
Je ne passerai point du bonnet rouge à l'aigle,

De l'aigle au lis, du lis à l'aigle... enfin au lis.
Qu'un bon Roi nous gouverne, et mes vœux sont remplis!
Je n'ai signé l'exil ni la mort de personne,
Encore moins renversé, ni vendu de couronne.
Aucun fléau public ne prit sa source en moi.
Je n'ai point flétri l'or, point avili d'emploi.
Je puis toujours, sans crainte, examiner mes traces...
Et je veux des honneurs, du crédit et des places!....
Concluons qu'en ce siècle, il faut opter enfin
Entre un bonheur sans gloire ou la vertu sans pain.

ÉPILOGUE (*).

J'avais, de mon réduit, franchi la triple porte;
Mon Argus et son aide étaient ma seule escorte;
De Carybde en Sylla, je transportais mes dieux:
Mes gardes altérés recevaient mes adieux.

(*) Aussitôt après ma sortie du secret, le jour même où j'envoyais à l'impression le morceau qui précède celui-ci et les trois qui le suivent, je fus atteint d'une fièvre violente : l'espèce de fatalité que je crus remarquer dans ce surcroît de tribulations, me suggéra l'idée de cet épilogue; ne le jugeant ni moindre ni meilleur que le reste, c'est la même conscience qui me le fait publier avec les autres. Il est sans doute inutile que j'avertisse le lecteur que les vers, plusieurs hémistiches et tournures de phrase que j'imite ici de Racine, y sont copiés à dessein, pour servir en quelque sorte de si-

Je marchais, tout pensif, incertain de ma route,
Et je portais plus lourd que les ans et la goutte!
Ce pied, jadis si leste, et ce souple jarret,
Qu'on voyait aux plaisirs me lancer comme un trait,
Engourdis maintenant, et me portant à peine,
Semblaient, de mes malheurs, traîner la longue chaîne.
Cependant, au grand air, à m'exposer trop prompt,
De mes sens, tout-à-coup, l'équilibre se rompt.
Le jour a fui, chassé par le givre et la brume.
On ne respire plus que la fièvre ou le rhume.
Aux miasmes déjà mes pores sont ouverts ;
Et jusques dans mon crâne ont tressailli mes nerfs!
Mon esprit est soudain frappé d'un affreux rêve :
Du fond d'un gouffre horrible une tombe s'élève!
Elle éclate et vomit une pâle lueur,
Dont tout mon corps frissonne, inondé de sueur!
Tour-à-tour glace et feu dans mes veines circulent:
Transi de froid, je tremble, et tous mes membres brûlent:
Le sang, dont vient la vie, instrument de la mort,
De ma frêle machine, a brisé le ressort.
Ce n'est plus qu'un amas de salpêtre et de poudre,

---

gnet, et pour aider à juger de ma fidélité à suivre les beautés de mon modèle, enfin à mieux saisir la parodie que je fais du chef-d'œuvre de notre poésie, le récit de Téramène. Puisse la copie approcher assez de l'original pour faire supporter sa lecture!

Où le ciel tient caché l'élément de sa foudre !
Et je crois voir alors la nature en fureur,
Y porter l'étincèle et reculer d'horreur !

La gent captive craint le courroux de novembre,
Tout fuit ; et chacun cherche un abri dans sa chambre.
Moi seul, digne plastron du prince des hivers !
Etonné qu'il m'oppose un si faible revers,
Je m'arrête, et vainqueur de sinistres symptômes,
Je brave, de Vesper, les fébriles atômes.
De rage et de dépit, le Sagittaire alors
Recrute au Zodiaque, et redouble d'efforts ;
Emprunte au Capricorne et verglas et gelées ;
Prend au Verseau sa neige, à Mars ses giboulées ;
D'Eole, en tourbillons, fait siffler les autans ;
De la thuile assassine, arme les ouragans ;
Et pour me vaincre enfin, déchaînant l'atmosphère,
Bouleverse le ciel et dévaste la terre !
On dit qu'on a vu même, en ce désordre affreux,
Un usurier presser mon trépas de ses vœux ;
Et sur mes ossemens prenant ses hypothèques,
S'installer et m'attendre au bureau des obsèques (*).

En effet je succombe, et la fièvre à son gré
Me voit, dans ses filets, tomber enchevêtré.

(*) Le hasard fait qu'un de mes créanciers demeure effectivement dans la maison des pompes funèbres de Paris, et c'est un des moins acharnés !

Je me rends ; c'est en vain : son attaque redouble.
Je ne me soutiens plus ; déjà mes yeux voient trouble.
De marche en marche, alors, de pallier en pallier,
A la rampe attaché, je gravis l'escalier.
Je veux hâter mon pas, et je gagne une entorse.
Je veux marcher, mon corps est sans nerf et sans force.
Par mes cris douloureux mes voisins attirés,
Guident péniblement mes pas mal assurés.
Ils s'arrêtent non loin de mes anciens pénates,
Où sont tous mes ennuis enregistrés par dates.
Sorti sain et dispos, à bras d'hommes porté,
Je rentre en ma cellule avec l'infirmité.
Sur mon lit, en désordre, et qu'on fait à la hâte,
On me pose, on m'étend comme un fruit qui se gâte.
Enfin couché, bordé, couvert de mon linceul,
Refusant d'autres soins, tout sort... ; je reste seul.

Je m'abandonne alors aux pensers les plus sombres ;
Je me dis, croyant être au noir séjour des ombres :
« Puisse au moins le public, un jour désabusé,
« En moi, que le malheur a peut-être accusé,
« Voir des plus beaux penchans l'innocente victime,
« Et rendre à ma mémoire une tardive estime !
« Puisse-t-il plaindre enfin le sort infortuné
« D'un bon fils, dès l'enfance, au bonheur destiné,
« Et qui, jusqu'à la lie, a bu la coupe amère
« Depuis que s'est fermé l'œil tendre de sa mère ! »

Il ne me reste plus, après de tels revers,
Que mon enterrement à chanter dans mes vers.
J'en ferai le sujet d'un épître posthume.
Il est tant d'auteurs morts dont vit encore la plume!
Et tant d'auteurs en deuil de leurs propres écrits,
Assistent, tout vivans, à leur *De profundis!*
Dès que je serai donc cloué sous la volige,
Je vous ferai passer, lecteurs, ce vrai prodige
Ecrit en langue styx, daté des sombres bords,
Et timbré, Lauréat, de l'Institut des morts.
« *Ci-gît*, y verrez-vous, ce bon et pauvre diable
« Qui, séché dans sa fleur par un astre implacable,
« Eût porté quelques fruits, si ne l'eût pas atteint
« Le souffle malfaisant des jours de la Tousaint ! »

Duris ut ilex tonsa bipennibus;
Nigræ feraci frondis in Algido,
Per damna, per cædes, ab ipso
Ducit opes animum que ferro.

HORAT., liv. 4, od. 3, v. 37.

Tel, sur le mont Algide, ornement de ses bois,
Croît ce chêne, orgueilleux de sa sève féconde,
Qui, taillé jusqu'au tronc et retaillé cent fois,
Doit ses plus beaux rameaux à l'acier qui l'émonde.

PRIÈRE DU PAUVRE DIABLE.

Lecteurs, qu'un livre arrête à tous les coins de rues,
Que ma plainte vous touche, et par vous aille aux nues!
Que, modulée au gré de votre volonté,
Votre aveu la transmette à la postérité!
Que l'heureux temps revienne, où la rumeur publique
Ne brisait ou n'offrait qu'un sceptre académique.
Chez Dentu, mon libraire, où je vous attends tous,
Mon pain quotidien cuit, et je compte sur vous.
Je n'en rougirai point : Socrate et Bélisaire
N'ont pas rougi d'unir la gloire et la misère.
Pardonnez-moi l'ennui qui rejaillit du mien,
Comme je le pardonne à ceux dont je le tien.
Ne me tentez pas trop : j'ai l'amour-propre avare.
Il vivrait de lauriers!... et leur parfum l'égare.
D'usuriers, sans pudeur, troupeau féroce et vil!
Sur-tout, délivrez-moi bientôt!... Ainsi soit-il!

CREDO NATIONAL.

Français, je crois qu'un Dieu, pour nous juste et propice,
Nous mit et nous retient au bord du précipice;
Que, touché de nos pleurs, qu'irrité de nos torts,
Il nuança nos jours d'espoir et de remords;
Qu'il nous faudra, long-temps, et patience et force :
Notre France a, grand Dieu! tant souffert sous ce Corse!
Il l'avait, en partant, couverte de cyprès :
Pour la crucifier il revint tout exprès;
Voulut l'ensevelir sous ses vastes décombres,
Et déjà ses destins erraient comme des ombres!
Un siècle de trois mois s'écoule!... Un jour plus pur
Soudain brille à nos yeux, où s'empreint son azur.
France! vois ton génie, admis au rang suprême,
Implorer un pardon qu'il t'a légué lui-même;
L'Éternel lui sourire, et te rendre les lis.........
Oui, France, ton étoile est fille de Louis!
C'est ton Roi!... ton martyr! dont l'auguste clémence
En ta faveur, là-haut! fait pencher la balance.
A tes maux, quels qu'ils soient, mesure ton forfait,

Et juge, à son horreur, du prix de ce bienfait;
Français! prosternez-vous devant ce saint exemple;
Oubliez-tout!... n'ayez qu'un autel et qu'un temple,
Le salut de la France, et l'amour de son Roi!
Je crois à leur triomphe; et vous tous croyez-moi,
Plus de divisions parmi vous, plus de haines;
Que des nœuds fraternels soient nos uniques chaînes.
Entourons notre Roi comme un père, un ami,
Et que de notre accord tremble son ennemi!
France! alors lève-toi plus brillante et plus belle,
Ton éclat fera croire à la vie éternelle!

AVE ROYAL.

Salut! beau rejeton, vrai sang de Louis Seize!
Qu'avec toi sa mémoire ici règne et s'appaise!
Comme on voit ses vertus te rendre tour-à-tour,
De ton sexe l'orgueil, et du nôtre l'amour!
Que sur-tout l'Eternel, en ton sein, les féconde
Ces vertus qu'il créa pour l'exemple du monde!
Que ne devons-nous pas attendre un jour de toi,
Si, du mystère saint, accomplissant la loi,
Autrefois tendre fille, et bientôt tendre mère,
Tu rends au monde un fils qui ressemble à ton père!
De cette antique race auguste et seul chaînon
Ainsi que notre gloire éternise son nom!
Mais d'abord de ton prince adoucis l'héritage
Sans toi, déjà le trône eût lassé son courage.
De ton père, en tes vœux, conserve-nous l'appui;
Tes vœux, aimés du ciel, nous rapprochent de lui!
Et, le rendant témoin du bonheur de la France,
Sois l'organe et le prix de la reconnaissance.

FIN.

www.ingramcontent.com/pod-product-compliance
Ingram Content Group UK Ltd.
Pitfield, Milton Keynes, MK11 3LW, UK
UKHW020548230726
13925UKWH00006B/2452